U0483315

国际大奖小说

トレモスのパン屋

托莱摩斯的面包房

[日] 小仓明 / 著
[日] 石仓欣二 / 绘
侯鹏图 / 译

新蕾出版社

图书在版编目 (CIP) 数据

托莱摩斯的面包房/(日)小仓明著;(日)石仓欣二绘;侯鹏图译.
—天津:新蕾出版社,2012.1(2019.4 重印)
(国际大奖小说)
ISBN 978-7-5307-5170-1
Ⅰ.①托…
Ⅱ.①小…②石…③侯…
Ⅲ.①儿童文学-长篇小说-日本-现代
Ⅳ.①I313.84
中国版本图书馆 CIP 数据核字(2011)第 172438 号

津图登字:02-2011-14

出版发行:新蕾出版社
http://www.newbuds.com.cn
地　　址:天津市和平区西康路 35 号(300051)
出 版 人:马玉秀
电　　话:总编办(022)23332422
发行部(022)23332679　23332677
传　　真:(022)23332422
经　　销:全国新华书店
印　　刷:山东德州新华印务有限责任公司
开　　本:880mm×1230mm　1/32
字　　数:32 千字
印　　张:3
版　　次:2012 年 1 月第 1 版　2019 年 4 月第 22 次印刷
定　　价:16.00 元

如发现印、装质量问题,影响阅读,请与本社发行部联系调换。
地址:天津市和平区西康路 35 号
电话:(022)23332677　邮编:300051

一辈子的书

梅子涵

亲近文学

一个希望优秀的人，是应该亲近文学的。亲近文学的方式当然就是阅读。阅读那些经典和杰作，在故事和语言间得到和世俗不一样的气息，优雅的心情和感觉在这同时也就滋生出来；还有很多的智慧和见解，是你在受教育的课堂上和别的书里难以如此生动和有趣地看见的。慢慢地，慢慢地，这阅读就使你有了格调，有了不平庸的眼睛。其实谁不知道，十有八九你是不可能成为一个文学家的，而是当了电脑工程师、建筑设计师……可是亲近文学怎么就是为了要成为文学家，成为一个写小说的人呢？文学是抚摸所有人的灵魂的，如果真有一种叫作“灵魂”的东西的话。文学是这样的一盏灯，只要你亲近过它，那么不管你是在怎样的境遇里，每天从事

怎样的职业和怎样地操持，是设计房子还是打制家具，它都会无声无息地照亮你，使你可能为一个城市、一个家庭的房间又添置了经典，添置了可以供世代的人去欣赏和享受的美，而不是才过了几年，人们已经在说，哎哟，好难看哟！

谁会不想要这样的一盏灯呢？

阅读优秀

文学是很丰富的，各种各样。但是它又的确分成优秀和平庸。我们哪怕可以活上三百岁，有很充裕的时间，还是有理由只阅读优秀的，而拒绝平庸的。所以一代一代年长的人总是劝说年轻的人："阅读经典！"这是他们的前人告诉他们的，他们也有了深切的体会，所以再来告诉他们的后代。

这是人类的生命关怀。

美国诗人惠特曼有一首诗：《有一个孩子向前走去》。诗里说：

> 有一个孩子每天向前走去，
> 他看见最初的东西，他就变成那东西，
> 那东西就变成了他的一部分……

如果是早开的紫丁香，那么它会变成这个孩子的一

部分;如果是杂乱的野草,那么它也会变成这个孩子的一部分。

我们都想看见一个孩子一步步地走进经典里去,走进优秀。

优秀和经典的书,不是只有那些很久年代以前的才是,只是安徒生,只是托尔斯泰,只是鲁迅;当代也有不少。只不过是我们不知道,所以没有告诉你;你的父母不知道,所以没有告诉你;你的老师可能也不知道,所以也没有告诉你。我们都已经看见了这种"不知道"所造成的阅读的稀少了。我们很焦急,所以我们总是非常热心地对你们说,它们在哪里,是什么书名,在哪儿可以买到。我就好想为你们开一张大书单,可以供你们去寻找、得到。像英国作家斯蒂文生写的那个李利一样,每天快要天黑的时候,他就拿着提灯和梯子走过来,在每一家的门口,把街灯点亮。我们也想当一个点灯的人,让你们在光亮中可以看见,看见那一本本被奇特地写出来的书,夜晚梦见里面的故事,白天的时候也必然想起和流连。一个孩子一天天地向前走去,长大了,很有知识,很有技能,还善良和有诗意,语言斯文……

同样是长大,那会多么不一样!

自己的书

优秀的文学书，也有不同。有很多是写给成年人的，也有专门写给孩子和青少年的。专门为孩子和青少年写文学书，不是从古就有的，而是历史不长。可是已经写出来的足以称得上琳琅和灿烂了。它可以算作是这二三百年来我们的文学里最值得炫耀的事情之一，几乎任何一本统计世纪文学成就的大书里都不会忘记写上这一笔，而且写上一个个具体的灿烂书名。

它们是我们自己的书。合乎年纪，合乎趣味，快活地笑或是严肃地思考，都是立在敬重我们生命的角度，不假冒天真，也不故意深刻。

它们是长大的人一生忘记不了的书，长大以后，他们才知道，原来这样的书，这些书里的故事和美妙，在长大之后读的文学书里再难遇见，可是因为他们读过了，所以没有遗憾。他们会这样劝说："读一读吧，要不会遗憾的。"

我们不要像安徒生写的那棵小枞树，老急着长大，老以为自己已经长大，不理睬照射它的那么温暖的太阳光和充分的新鲜空气，连飞翔过去的小鸟，和早晨与晚间飘过去的红云也一点儿都不感兴趣，老想着我长大

了,我长大了。

“请你跟我们一道享受你的生活吧!”太阳光说。

“请你在自由中享受你新鲜的青春吧!”空气说。

“请你尽情地阅读属于你的年龄的文学书吧!”梅子涵说。

现在的这些“国际大奖小说”就是这样的书。

它们真是非常好,读完了,放进你自己的书架,你永远也不会抽离的。

很多年后,你当父亲、母亲了,你会对儿子、女儿说:“读一读它们,我的孩子!”

你还会当爷爷、奶奶、外公和外婆,你会对孙辈们说:“读一读它们吧,我都珍藏了一辈子了!”

一辈子的书。

你不需要任何护照，只需带着丰富的想象力，就可以来到这座梦幻的托莱摩斯小镇。

如果你到了这里，那就先跑进附近的面包房买一个奶油面包吧。

一边嚼着面包一边散步，你会感受到这座小镇的文化，会明白这里都住着些什么样的人……

トレモスのパン屋

目录

托莱摩斯的面包房

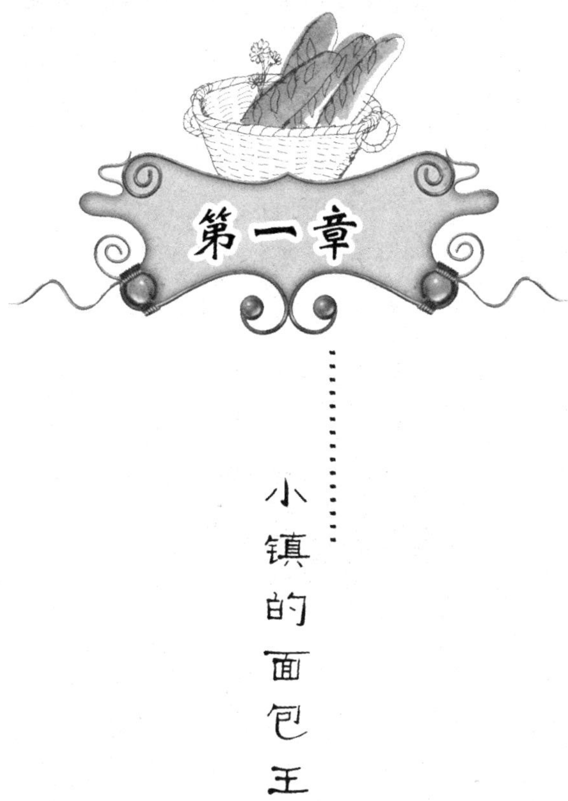

第一章

小镇的面包王

在托莱摩斯[①]小镇，住着一位叫博鲁特的面点师，他长相普通，个子偏矮，是那种让人过目即忘毫无特色的人。虽说博鲁特长相平凡，但做面包的手艺却出类拔萃，

---

①虚构的小镇名称。

方圆几里的村民都专程坐车来买他的面包。

博鲁特的面包房位于镇子的正中间，红色的砖墙十分显眼，当他和徒弟们烤面包时，总会从四方形的烟囱中冒出阵阵青烟。面包房的柜台上摆满了各式各样的面包，那扑鼻的麦香让人馋得直想流口水，客人们觉得哪怕只在面包房里走走都会感到十分幸福。

在博鲁特的面包房里，除了博鲁特太太和卖面包的服务员外，还有三位徒弟。他们都非常敬佩博鲁特，一心想和师傅学一手精湛的烤面包技艺。每天早晨四点，师徒几人就开始工作了，虽然从未设定闹钟，但是一到这个时间三个人就会穿着整齐地来到店里。

“师傅，您早！”徒弟们充满干劲儿的问候声回荡在这刚刚睡醒的面包房里，他们身着白色工作服，头戴圆帽，个个精神抖擞。

“嗯，早！”博鲁特也身着白色工作服，头戴一顶面包

形状的帽子。

“面粉二十袋、固体黄油六块、泡打粉三袋……”来到这儿才两个月的马力布清点着放在面包房角落里的材料。

“师傅,昨天的土豆面包卖得很好。”大徒弟克鲁鲁说。

“嗯,那是上个月萨克弗想出来的点子。”博鲁特看着站在克鲁鲁旁边的萨克弗说道。

听到这话,萨克弗很高兴,脸上泛起了笑容。

“能想到在面包里放一个煮熟的土豆,看来萨克弗确实动了一番脑筋啊。”博鲁特兴奋地说,“土豆面包昨天一炮而红,既然这么受欢迎,今天就多做些,而且今天是周日,客人肯定会更多,点心也多做一些吧。你们看呢?”徒弟们纷纷点头同意。

博鲁特面包房每个早上都是这样:大伙儿一起讨论

当天的面包做法，在讨论中时不时还会迸出一些新点子；大伙儿有时还会一起尝尝昨天卖剩下的面包；当徒弟们有什么不懂的向博鲁特请教时，他总会将自己知道的东西全部告诉他们，就像学校里老师给学生解答问题那样。博鲁特自己也爱钻研，经常把以前学到的技术加以改进，想出了很多利于搅拌发酵的好点子。博鲁特年轻、脑筋灵活，大家都认为他是镇上最好的面包师傅，这让博鲁特有些得意……

除了烤一些一般的面点师傅都会做的传统面包外，博鲁特还会做很多新式面包。比如，做一些孩子们喜欢的奇形怪状的面包，像形状如熊猫、长颈鹿、鳄鱼等的动物面包；还有在里面放上苹果、梨等的水果面包；还有果冻面包、干果面包。最特别的是他还独创了白兰地面包呢！除此之外，像土豆面包这种徒弟们想出的点子，只要他觉得好也会积极采纳。博鲁特面包房的面包做得一天

比一天好吃，生意也一天比一天红火。每天早晨十点面包房一开张，客人们就会争先恐后地挤进来买面包，店里的客流不断，什么时候都挤满了买面包的人。

有一天，突然发生了一件意想不到的事情——在博鲁特面包房的对面，开了另一家面包房。新开的面包房面向一条横穿整个镇子的大路。在这条路上，每天的行人和车辆川流不息。几天前，木匠就在那儿“咚咚”地做着木匠活，博鲁特当时想到那是为了开新店铺做准备，但是万万没想到开的是家面包房。在托莱摩斯顶级面包房的对面开店？这简直是不考虑后果的事情。博鲁特有些愤慨，更有些吃惊。

新开的面包房门口装点着鲜花，挂着横幅，还立了块儿广告牌，上面写着：开业大酬宾，全部商品半价。接着，更不可思议的事情发生了。“这是托莱摩斯镇做得最好的面包呀！”“把面包做成这种程度简直就是一门艺

术。”……原来一直钟情于博鲁特面包的客人们竟然在那家新面包房的门口排起了长队！

这下博鲁特的面包房只剩下五六个客人了。这五六个人碍于过去的情分不好意思去对面，可来了博鲁特这儿，心里又惦记着对面那家面包房里诱人的面包。他们会时不时抬起头来向对面望一望。昨天还夸自己是托莱摩斯首席面包师的那些人一早却都跑到对面店里买面包，这多少让博鲁特感到不甘心，但他实际上一点儿都不紧张，仍然信心满满。

“他们无非就是图个新鲜罢了！他们一定还会再回来的。不管怎么说我也是这儿的老大。”博鲁特一边克制自己尽量不看那家新开的面包房，一边这么想着。还没过一个礼拜，事实就证明他的想法是正确的。几天没光顾的客人又开始一个个回来了。

“我尝过那边的面包了，还是觉得这儿的最好吃。”一

位女顾客说。她家的孩子喜欢吃博鲁特家的面包，其他地方的都不吃，为此她每天都从很远的地方过来买。三天没来这儿，她还显得有些不好意思。

“是啊，这儿的面包里面有美丽的‘诗’啊。”一位中年妇女拿着一根味道稍咸的细长的法式面包，接过前面那个人的话茬儿说道。

一旁筛面粉的博鲁特听了她们的对话，心里显得很得意。“嗯。这也不错，让她们也对比对比。不尝尝其他家的面包，怎么会知道我家的最好吃呢？哼哼……”

于是，博鲁特面包房又像以前一样充满了生气，生意又红火起来了。店里还是每天十点开门营业，那些早就等不及的客人们便争先恐后地挤进来买面包，整天客流不断。博鲁特赚了个锅满瓢满。

马路对面的那家新面包房基本上没有顾客了。打折活动一结束，就很少有人再专门去那家新店买面包了。

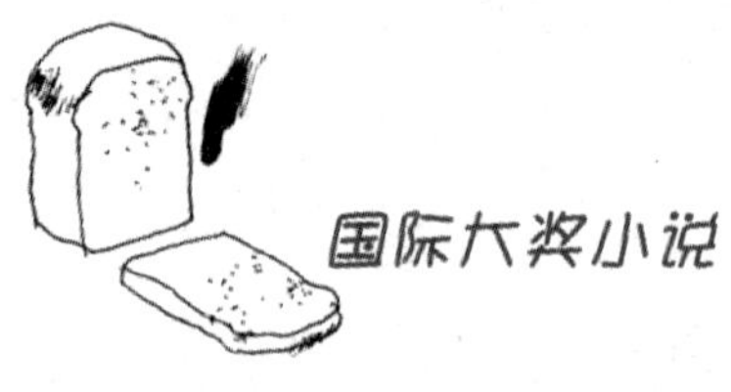

毕竟博鲁特面包房是托莱摩斯镇的面包王开的店啊！大家一进来就开始讲新店的坏话，已然忘了对面店铺打折的时候自己是如何排队买东西的。

“嗯，那家店真是不知深浅啊，居然把店开在对面……”

“他家老板肯定不是咱们镇上的人。他肯定不知道博鲁特师傅的名声，如果知道的话，肯定会被吓跑的。”

“可不是嘛。但这也是冒了很大风险的，估计离倒闭也不远了吧。”

在这被挤得满满的屋子里，只有一个人是用另外一种心情看着眼前的这一切。这个人不是别人，正是博鲁特。虽然店里还像原来那样人来人往，但是他却怎么也高兴不起来。

原来，有一件事一直藏在他的心底。就在新店开业

的那天，他料到老顾客不出十天还会回来的。但是后来仔细观察却发现有三位客人再也没有回来。虽说客人成百上千，没回来的也只有三个，但博鲁特却把这事儿放在了心上。

为什么博鲁特会如此清晰地记住那三个人呢，原来他们来这儿买的面包都是那种最普通的主食面包。这种面包虽然做工朴素，却最能反映出面包师的功底。虽说博鲁特很喜欢做孩子们爱吃的动物面包、果冻面包，但最令他感到骄傲的还是自己烤的主食面包。主食面包比其他面包便宜，但是很考验面包师的水平，因此博鲁特非常留心都有哪些人买过这种面包。这三个人基本上不看其他面包，只买这种主食面包。博鲁特记得自己还和其中的一个人打过招呼呢。那位客人是位三十岁左右的女士，头扎马尾辫，穿着虽不高档，但却十分整洁。

“非常感谢您经常惠顾本店！”博鲁特一边把面包递

给那位女士，一边说道。

听了这话，那位客人脸色微微泛红，笑着说：“我的母亲和弟弟们最喜欢您店里的这种面包，其他店里的面包根本不吃。”她可是专门花费半个小时来这儿买面包的呢。

当然，除了他们三个，也有几位是只买主食面包的。但是除了他们三个，其他的客人都回来了。博鲁特整天想着这事儿，总是心不在焉，还不时抬头看看对面的那家新店。为什么他们三个没有回来呢？光顾那家店的人真的很少，有也只是偶尔路过的人进去买点儿东西。可能是闲得无聊，那位微微发福的老板有时会走出门来，大大地伸个懒腰。看到这情形，博鲁特竟忘记了对方是自己的竞争对手，反倒为对方担心起来：“这样下去这家店能撑多久啊。”可一看到那三个客人到对面那家买东西，博鲁特心里又会感到一阵紧张，甚至给客人递送面

包的手都会发抖。

博鲁特实在想不通为什么他们没有回来。尽管只有三个人，但他还是觉得在这个镇子上根本不可能有比自己做面包做得更好的人。究竟是什么原因使那三个人在打折活动结束后还要去那家面包房呢？博鲁特有时也想：“不就三个人吗，没必要放在心上。”可转念又一想：“不行啊，我可是这个镇上做面包做得最好的啊。”哪怕只有一个人不认可他的手艺，他都很难接受。

最后，他再也忍不住了，终于决定采取行动。他悄悄地把卡鲁鲁叫到店铺的后门，给他布置一次特殊的工作。

卡鲁鲁是三个弟子中博鲁特最信赖的，他十六岁就到这儿学徒，到今天已经有五个年头了。在这五年里，他一直很勤奋，并且通过自己的努力，面包烤制技术也得到了很大的提高。就算让卡鲁鲁单干，也不是问题了。所

以说，卡鲁鲁可以算得上是博鲁特的左膀右臂了。卡鲁鲁那两只明亮的眼睛一直盯着师傅，专心致志地听着师傅的话。

“卡鲁鲁，师傅把你叫到这儿是为了一件特别的事情。由于你很少出门，我想除了咱们店里的人以外没有几个人认识你，走在大街上能认出你的人就更少了。对面那家店刚刚开业，他们就更不认识你是谁了。因此我希望你扮成顾客的样子去对面买块儿主食面包回来。”卡鲁鲁听完师傅的这番话，偷偷地乐了。

第二天早上，卡鲁鲁蹑手蹑脚地从店里走了出来，这一切只有博鲁特看见了。卡鲁鲁头上戴着一顶商人经常戴的那种扁扁的帽子，径直向火车站走去。是啊，他也不能一出门就直接去对面店买面包，他打算装成一位刚下车的游客，这才不容易被别人怀疑啊。卡鲁鲁走后，博鲁特非常紧张，紧握的拳头里满是汗水，还不时瞪大眼

睛看看对面的面包房有什么动静。由于过分紧张,他差点儿跌倒了。

不一会儿,只见一个弓着腰的商人走进了对面的面包房。不用问,这个人肯定是卡鲁鲁。博鲁特屏住呼吸等待着卡鲁鲁从店里走出来的那一刻。卡鲁鲁进去不多会儿就出来了。看到这个,博鲁特想:"糟了,肯定是被人家认出来了,没卖给他面包。"但仔细一看,卡鲁鲁怀里揣着一个纸袋子,那里放着的应该就是面包了。"干得不错!卡鲁鲁。"博鲁特那颗悬着的心终于放了下来,而且店里的人都忙着做生意,谁也没有注意到卡鲁鲁。

当天晚上在大伙儿都睡了以后,两个人影出现在了烤箱前。桌子上放着白天卡鲁鲁买来的面包。博鲁特打开袋子,取出面包,然后麻利地把面包切成两半,一半给了卡鲁鲁,另一半放到嘴里。

卡鲁鲁说:"嗯,好吃。"

博鲁特也说:“嗯,不错。”

接着博鲁特用比平常快两倍的语速说道:“嗯,真好吃。我也是第一次吃到这么好吃的面包。”

说着说着,泪珠从博鲁特的脸颊上滚落下来。

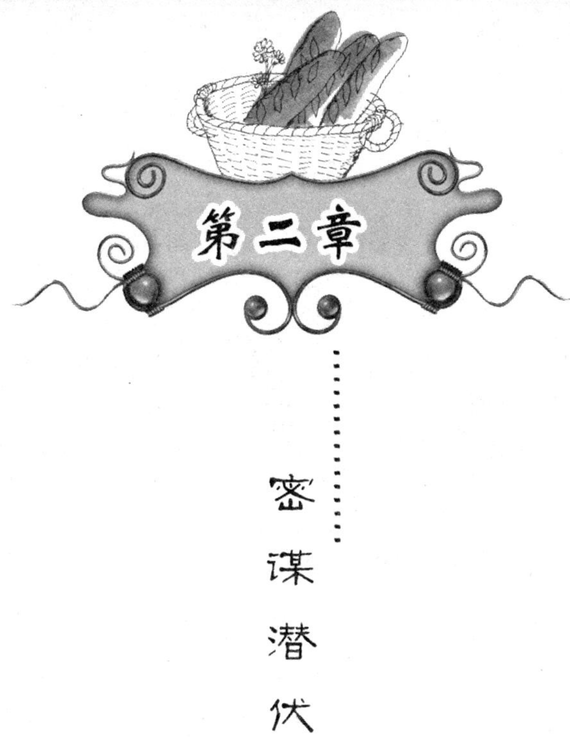

第二章 密谋潜伏

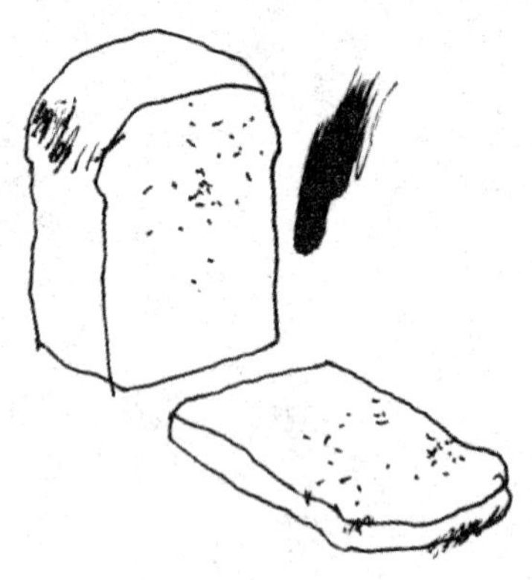

博鲁特进行了深刻的自我反省。原先大家都认可自己是这个镇子上手艺最好的面包师傅，博鲁特自己对此也深信不疑。但是刚才尝到的那块儿面包确实比自己烤的要好吃得多，而且面包的弹性非常好，切的时候即便被刀挤压变形，但切完后很快又会恢复原状。面包的色

泽也很诱人，还有一种说不出的香味儿扑鼻而来，吃的时候即使什么都不蘸也会感受到那种自然的麦香味儿。

博鲁特最担心的事情终于发生了。在最初发现那三位客人没有回来的时候，他就有一种不安，而现在这种不安终于变成了现实。他们三个人肯定是觉得对面店的面包更好吃才没有回来的。博鲁特更加困惑了，明明对面那家的面包比自己做的好吃得多，顾客们为什么又都回来了呢？既然主食面包那么好，那么其他的面包，像法式面包、点心面包肯定也都好吃。难道……难道他们来这儿买面包并不是因为味道好，而是冲着“托莱摩斯第一”这个名声来的？如果真是这样的话，虽说现在这个名声还在，但时间终会证明，对面那家才是名副其实的“托莱摩斯第一”。真到那时就太可怕了。那些追求名牌的客人们恐怕一个也不会来了。博鲁特觉得那三位客人的行为似乎预示着将来的结果。

博鲁特虽然还是像往常那样每天四点钟就烤面包，然后把烤好的面包拿出来卖，但心里却一直在为这事儿发愁。然而事实上，客源不但没有减少，反而更多了，甚至还有很多人从很远的地方赶来买面包。可博鲁特觉得店里人这么多也没有什么实际意义。因为这并不是他最在意的，他只在意自己是不是托莱摩斯第一。虽然表面看上去，博鲁特将他的全部技能都传授给了徒弟们，但实际上，他仅把烤面包这一个步骤交给他们去做。其中最关键的环节，比如，面团的处理发酵，如何控制火候，还有什么时候可以将面包从烤箱里取出来等都是他自己亲力亲为，因为博鲁特认为这些是保证面包质量的秘诀。

有一天，卡鲁鲁偷偷地在面包房的一个角落里对博鲁特说：“师傅，您最近是怎么了？做的面包不如以前了。”卡鲁鲁的手里拿着一块儿博鲁特刚刚从烤箱里取

出来的面包。博鲁特什么也没说，只是呆呆地望着卡鲁鲁的脸。不用说，他这位优秀的弟子肯定看出一些端倪来了。博鲁特心中的不安直接影响了他做面包的技术。一直望着师傅的卡鲁鲁此时却显得十分平静。

博鲁特把这些天压在心底的不安和烦恼一股脑儿地讲给了卡鲁鲁。卡鲁鲁只是一边看着师傅一边默默地听着，这情景反倒像徒弟向师傅倾诉心声。博鲁特忘情地跟卡鲁鲁讲着，似乎已经忘记了自己师傅的身份，他现在就是想找个人倾诉。听着听着，卡鲁鲁的眼睛开始明亮了起来。博鲁特说完后感觉轻松多了，心想讲给自己信赖的人也无妨，可讲完后又有些脸红。

在师傅讲完后，一直没有开口的卡鲁鲁开始说话了："师傅，您的心事我都明白了。自从那天我买面包回来后，我就发现您与往常不太一样了。事到如今，我能做的事情只有一件。"卡鲁鲁的眼睛越发明亮，说着说着他

把双手反叉放在了胸前。

“现在你能做的事情?”博鲁特颇感好奇地问道。

“是的,现在只有一个办法,那就是我以学徒的身份潜伏到那家店里,然后把他们烤面包的技术偷学过来。”

博鲁特听完这话吃惊地望着卡鲁鲁。此时,博鲁特心里真的是五味杂陈,各种想法涌上心头。在这以前,自己一直以“托莱摩斯第一”的名号而感到骄傲。特别是在烤面包这方面,深信谁也不如自己,所以根本不存在向别人学习的事情。而现如今却要偷学人家的技术,这在原来是想都不会想的事情。

要是在前几年让博鲁特听到这话,他肯定会觉得这是对自己人格的最大侮辱,但是现在不一样了。原来身为面包师的那份自信早已在每天的患得患失中消失殆尽,曾经属于自己的“托莱摩斯第一”之名也似乎离自己愈行愈远。对于博鲁特来说,现在最紧要的是摸清自己

坚持了多年的烘焙方法究竟该怎样改进。

博鲁特至今还清晰地记得自己当年是如何翻山越岭找到师傅居住的地方，如何费尽周折拜师学艺……在师傅的训斥和鞭打下，他才换来这出众的手艺。

可事到如今，自己也不可能低头向对面面包房的老板去讨教手艺了，而且即便向人家低头请教，人家也未必就肯教，说不定还要冷嘲热讽一番，然后被轰出店去。经过反复考虑，博鲁特终于下定了决心。他觉得现在也确实只有一条路可走了，那就是卡鲁鲁说的那个办法。

“卡鲁鲁，你真的愿意这么去做吗？”

博鲁特说这话的时候，感觉好像有一阵寒风吹来，不由得打了个冷战。他偷偷地看了一眼卡鲁鲁，卡鲁鲁默默地点了点头。

没多久，博鲁特的面包房里就看不到卡鲁鲁了。博鲁特一直没把真相告诉任何人，包括另外两位徒弟还有

他那年轻的妻子。

博鲁特就卡鲁鲁不再在这里工作的事情是这样向大家解释的：

“卡鲁鲁现在变得十分自负，认为自己的手艺已经十分成熟了，我的话他也听不进去了。那天我问他面包为什么会烤得那么糟糕，他说那是自己的新创意，他觉得非常成功。我训斥他不用咱们这儿的手艺来烤是不行的，于是，他一气之下就走了。”

师傅的两位弟子听完解释，感到非常失望。帮了自己不少忙的大师兄竟然出走了，这让他们既感到寂寞又感到一阵心寒。老板娘对此也唏嘘不已。这么不光彩的一件事，博鲁特决定把它永远藏在心底。

卡鲁鲁走后博鲁特又招了一名徒弟。这孩子性格开朗，和当年卡鲁鲁来这儿的时候一样，也是十六岁。新徒弟脸庞微微发红而且很能吃苦。靠所有人的努力，在大

徒弟走后的一个星期，店里就恢复了原来的样子，客流不断。

博鲁特有时假装在门口打扫，借机偷偷地看看对面的面包房。其实他最担心的是卡鲁鲁，眼看两周都快过去了，却一直没看到卡鲁鲁的影子。有时候，店掌柜和老板娘会出来露个脸，但除此以外看不到任何店员和烘烤面包的工人。

“大概是他没有成功吧？”

这时的博鲁特焦急的就像是一只热锅上的蚂蚁。虽然对面的那家店里基本没有客人，但偶尔出现的老板和老板娘却显得神情自若，看不出一点儿着急的样子。而店里满是客人的博鲁特反倒整天神色紧张，坐立不安。

第三章

大赛风波

托莱摩斯镇一年一度的“面包王大赛”又要开始了，这项比赛在这座小镇颇受认可，已经成功举办了八十九个年头。比赛当天，镇上所有的面包师聚集在一起各显所能，就是为了“面包王”这个头衔。博鲁特曾在过去的三年里三夺桂冠，因此被冠以“托莱摩斯面包王”这个称

号。

托莱摩斯镇有大大小小百余家面包房，每家都要派出选手参加，对于他们来说即便当不了第一，能进前三也算是件了不起的事。而被冠以“面包王”的人的店，第二天一开门肯定会顾客盈门。为此，这儿的面包师个个摩拳擦掌，跃跃欲试。

博鲁特虽然心里仍旧不安，但也不得不开始准备比赛了。卡鲁鲁那儿却一点儿消息也没有……“他可能被人家发现后去了其他地方吧？”博鲁特猜想着，“不管怎么说，他现在肯定是赶不上这次比赛了。”

这些天博鲁特为了准备比赛，也为了找回做面包的感觉，整天在店里忙活着。渐渐地，博鲁特觉得越做越有感觉了，面包也变得比以前更好吃了。如果这时卡鲁鲁在的话，他肯定会直接指出面包还有哪儿不好，博鲁特才会真正感到满意。可惜现在卡鲁鲁不在，虽然自己感

觉做得不错，但心里还是没底……

以往的比赛，博鲁特一直让卡鲁鲁作为自己的助手，但今年他只好选择二徒弟萨克弗。在面包烤制技术方面，萨克弗一点儿也不输给卡鲁鲁，但是他不像卡鲁鲁那样有灵性。萨克弗性格认真，自从被任命为师傅的助手后，整个人精神百倍，干劲儿十足。

终于，“面包王大赛”的日子到了。

会场在比赛前一天就非常热闹了。上百位面包师傅们精心烤制的面包都会在这儿接受评审。比赛是从早晨四点开始的，但此时的会场却一个人也没有。这是为什么呢？原来啊，这个时候大家都在自家的店里做准备。一到上午九点，大家会将精心准备的面包带到会场，等待评委和观众的评判。二十位评委逐个品尝送来的面包，尝完后在记分册上打分。面包也会被分发给观众，他们把自己喜欢的面包的序号写在纸上，然后投进投票箱

里。评委的评分和观众的投票数两者相加得到一个总分，以此来决定名次。在评分的时候谁也不知道自己品尝的是谁的作品，所以评分非常公平。在此期间，各个面包房的师傅们就在自己的店里焦急地等待初赛的结果。

组织方会在十点前评选出二十位面包师进入决赛，然后电话通知这些第一轮的胜出者。所以，此时各个面包师都在期盼着电话铃声的响起。博鲁特也和其他选手一样焦急地守在电话旁。如果到十二点二十还没有人打来电话的话，那么也就意味着没有进入决赛。凡是进入决赛的店铺在接到通知后，要立刻准备下一场的参赛面包。决赛的题目是：烤制十公斤主食面包。这些面包在刚出烤箱后就会被送往会场。

时钟“当当当”敲了十下。大概入围决赛的人选已经决定了吧，这时身在会场的人都该知道了，会场现在肯定特别热闹。一想到这儿，博鲁特“腾”地从椅子上站了起来。他以前从没有像现在这么忐忑过,因为他一直觉得进入决赛是理所应当的事儿,冠军也非自己莫属。但是这回可不一样了,自从尝了对面店的面包以后,博鲁特的那股自信劲儿就不知跑哪儿去了,加上卡鲁鲁也说自己烤的面包不像以前那么好了,他担心今年恐怕自己连初赛都过不了。

时间已经过了十点十分,博鲁特开始有些心灰意冷了。妻子和其他的徒弟们看着博鲁特那紧张的样子,也不知该说什么好,只好静静地站在屋子里。助手萨克弗也是双手紧紧地抓住围裙边儿,一动不动地坐在屋子中央的一把椅子上。

这时,“嘀铃铃——”一阵急促的铃声打破了沉默。一直在屋子里来回踱步的博鲁特停下了脚步,妻子忙拿起电话,“博鲁特,你进决赛了!”萨克弗马上从椅子上站了起来,脸上浮现出久违的笑容。博鲁特顿时觉得整个

人都轻松了许多。原先的自信也完全回来了,不安早已飞到了九霄云外。“大家还是觉得我的面包好吃!”

由于事先不知道这是谁的面包,然后再评审,所以这样得出的结果是最公平的。无论你是上届的冠军,还是顾客口里称赞的第一,此时唯一能左右结果的只有评委和观众的舌头。

“对面店上次做出那样美味的面包一定是偶然的!那只不过是老天爷和我开的一个玩笑!他们是没有那种手艺的!一定是那样的,我还是托莱摩斯第一!”博鲁特心中的自信已完全被唤醒了。

于是,他就又开始大声地指挥起萨克弗。“那么我们开始准备吧!今年也要拿冠军!”“是!”

博鲁特和萨克弗认真地准备起来。其他人则在一旁目不转睛地看着他们。刚刚过正午,十公斤的面包就已经做好了。博鲁特赶忙叫店员把它送到会场。然后所有

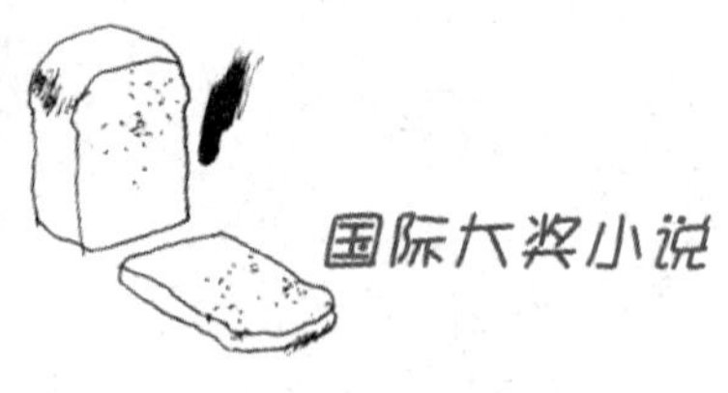

人再一起动身,赶在下午两点前参加颁奖仪式。

全镇的人都来了,会场上人声鼎沸,很是热闹。其中有几位进入决赛的面点师早早儿地就来到了会场。整个会场里飘着面包的香味。博鲁特刚到会场,就听到了大家的赞扬声。

“博鲁特来了!”

“今年他肯定会蝉联冠军的!”

“他是托莱摩斯最优秀的面点师!”

听了这话,博鲁特略感自豪,面色却稍显紧张。他径直走向了前排专门为决赛选手准备的座位。一坐下,博鲁特就四处张望,他想看看旁边坐的都是什么人。这时,一位熟识的面包师向博鲁特轻轻地点了点头。这位面包师脸色微微泛红,身体有些发福,他的面包房位于镇上比较偏远的地方。他擅长把自己平时幽默的样子烤在面包上,因此得名。博鲁特也轻轻地点了点头。这位面包师

倒也算是有些本领，但上届是第三，再上届还是第三，总是输给博鲁特。博鲁特一边望着对方那充满笑意的脸，一边想今年他估计还是第三吧。决赛席已经坐满了人，但唯独没有对面那家店的师傅。“果然是这样啊！那天的面包是瞎撞的啊！”博鲁特想到这儿又舒了口气。

评委们登场了。领奖台中央摆着一把白色的椅子。即将要公布前三名的获奖名单了。

“接下来，请允许我来宣布第九十届托莱摩斯面包王大赛的获奖名单。”一头白发的评审委员会主席走到台中央，站在话筒前开始宣布评审结果。会场一下子安静了下来。

“第三名，克鲁普先生！”

听到这一结果，会场顿时响起了一阵欢呼声，同时还伴着一阵笑声。原来克鲁普先生就是刚刚和博鲁特打过招呼的那位，他在去年以及前年都是第三。博鲁特当

然也笑了。克鲁普一边挠着头一边走上了领奖台。看着他的样子,博鲁特也觉得有些不可思议。“嗯,果不其然,今年估计和往年的结果差不多。”博鲁特这么想着。

“接下来是亚军获得者——尤立斯夫妇!有请尤立斯先生和他的助手尤立斯夫人上台领奖。”

这时,场内响起来一阵惊呼声,只是没伴有哄笑声。人们的惊呼是因为季军、亚军和去年的获奖者惊人的一致。

如果评委们事先知道这是谁的作品的话,那么就有可能打出与原来一样的分数。但是现在是匿名评选的,结果却和上次出奇的一致。这概率如同中了百万大奖!不过这倒是证明了这些进入决赛的选手手艺确实不凡,同时也证明了评委们的严谨负责。

此时的会场响起了雷鸣般的掌声,大家都陶醉在这种气氛之中。等到全场安静下来后,评审委员会主席开

始缓缓地宣布最后的结果:

“那么接下来,请允许我宣布第九十届托莱摩斯面包王大赛的冠军。冠军是赤路德面包房的赤路德先生和他的助手米杰璐!有请。”宣布结果的时候,评审委员会主席特地提高了嗓门儿。

可此时,会场内却是一片寂静,大家仿佛都已经忘记了欢呼,忘记了鼓掌,只是静静地望着领奖台。接着,只见从比观众席稍高的领奖台里走出了两个身穿白色职业装的人:一个是博鲁特店对面的老板,另一个是——卡鲁鲁。

“噢……”会场里响起了欢呼声,只是这种欢呼声比先前的稍微小了些,紧接着又响起了雷鸣般的掌声。

坐在前排的博鲁特和萨克弗面色铁青,他们仿佛被钉在椅子上了,两人一动不动地看着走向领奖台中央的两个人。

“啊?!那个人是卡鲁鲁!”

“那个助手是卡鲁鲁!”坐在博鲁特后面的店员惊讶地喊了一声。

“他背叛了师傅!”

“叛徒!”

店里的其他人看到此景,情绪都有些激动,说出了一些过激的话。

的确是这样的。虽然他名字改成了米杰璐,但是那个人的的确确就是卡鲁鲁!那个原来一直在博鲁特店里做面包的卡鲁鲁!

博鲁特也一动不动地盯着卡鲁鲁。自己没有成为冠军令他感到吃惊,但更令他吃惊的是卡鲁鲁居然走上了领奖台!卡鲁鲁本是潜伏到那家偷学技术的,但现在却要把自己从第一的位置上拉了下来,这是他始料未及的。博鲁特满脸通红,十分愤慨,他怒视着那个站在领奖

台上接受大家祝贺的卡鲁鲁。

卡鲁鲁穿着和赤路德一样的白色衣服，冲着他的老板微微一笑，好像完全没有注意到坐在台下的博鲁特。旁人看来那个微笑完全不是敷衍的笑，而是发自内心地祝福的微笑。这时，在一旁一直看着的博鲁特的脸上也泛起了一丝笑容。

第四章 赛后效应

博鲁特最担心的事情终于发生了，但是“面包王大赛”产生的效应并没有立即显现出来。第二天，博鲁特的店里还是像往常一样来了很多的顾客。他们肯定都知道比赛的结果了，只不过不愿说罢了。有的人还安慰博鲁特：“虽然比赛没有获奖，有些令人惋惜，但对我来说，你

这儿的面包仍然是托莱摩斯最好吃的。”尽管这样，博鲁特和他的店员们还是惦记着对面的赤路德面包房，不时偷偷瞄上几眼。对面那家店的客人的确比以前多了，但是比起博鲁特的来说还是要少很多。看到这个情景，大家才稍稍放下心来。

但是，没过几天博鲁特就察觉到有些不对劲儿了，客人们好像不是专程来自己店里的，很多都像是顺便来的。而且客人们经常会边买东西，边看对面那家店。

大赛效应开始慢慢地显现出来了。第二天、第三天、第四天……到赤路德店的客人越来越多，而到博鲁特店的客人越来越少了。再到后来，都没有到这儿等待开门的顾客了。十天后更可怕，来博鲁特这儿买面包的一天也就有十个人左右。

博鲁特一下子就老了。尽管只有三十四五，但是眼睛已经失去了光泽，近处的东西也看不清了。工作也没

干劲儿了，以前凡是关键的制作步骤都是他亲力亲为，现在这些全都交给萨克弗他们做了。原来忙碌的工人们现在整天都闲着。闲着无聊时，大家会聊聊“叛徒”卡鲁鲁，但没过几天卡鲁鲁的话题也变得不新鲜了。

但奇怪的是，那次比赛过后，就再没见卡鲁鲁出现在对面的面包房里。

后来，博鲁特让其他的店员都回家了，只留下萨克弗一人。因为现在已经不需要那么多人了，最主要的是已经没有那么多钱雇太多人了。

第五章

神秘的来信

在比赛结束两周后的某一天，博鲁特收到了一封没有落款的信，上面盖着离这儿不远的一个叫“港町”的地方的邮戳。拆开一看，竟然是来自卡鲁鲁的信，博鲁特一个人站在烤箱旁快速读了起来。

トレモスのパン屋

博鲁特师傅：

我原本打算一从您那儿出来就马上给您写信的。没想到一直拖到今天。虽说这份延迟可能有一些别的含义，但是恕弟子无能，只能用这种形式联系您。这是我寄给您的第一封也是最后一封信了。

我从来没有忘记对您的承诺，即使在“面包王大赛”后接受别人祝贺的时候也没有忘记。正如事先和您商量好的那样，为了探究赤路德面包房为什么会烤出那么好吃的面包，我潜伏到了他的店里。刚开始的时候，那儿的老板对我这个不需要任何报酬只为了学技术的人感到有些不解，但最后还是决定把我留下了。那个时候赤路德师傅跟我讲，不久这儿就会变得很忙的。看得出来他很自信，相信自己家的面包绝对比别人家的好吃。

就这样，我非常顺利地潜伏了下来，这比我预想得简单多了。虽然如此，我还是事事小心，从不做那些让人

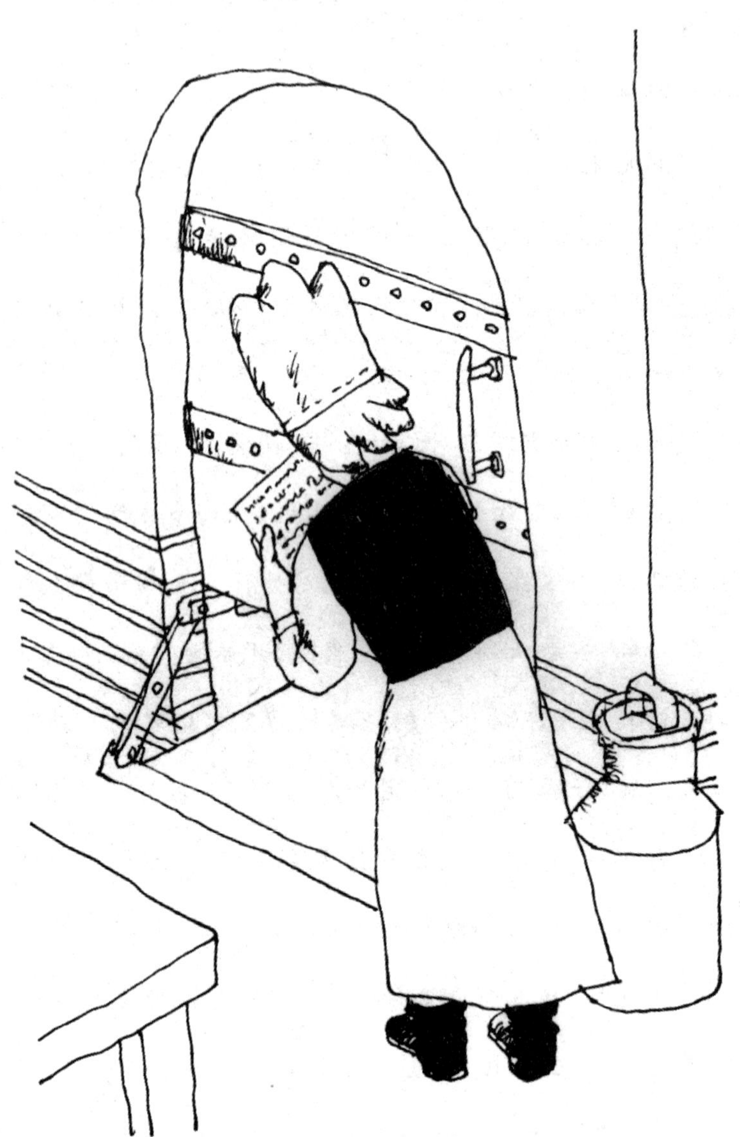

产生怀疑的事情。大概是偷学技术的这种信念在支撑着我吧，所以我变得十分谨慎。

从做生面包到完成整个烤制过程，赤路德师傅都非常细致地教我。我也装作是初学者那样仔细听着那些早已烂熟于心的东西。我非常留意他到底是哪儿和您的做法不一样，秘密到底藏在什么地方。

我每天跟在师傅身后，看他究竟是怎么做的，生怕错过了关键环节。可怎么看都和您的做法没什么两样，而且在很多技术方面还不如您呢。我怀疑是原料的问题，就查了查原料明细，发现面包和黄油用的都是上等的，但是您用的也一样啊。可是他做出来的面包的确要比咱们的好吃。我为了解开这个谜底，试了很多其他的办法，例如，把刚刚成型的面包掰开看，把还在烤着的面包从烤箱里拿出来看，即便是这样还是弄不清楚原因。

有一次，我被赤路德师傅发现了，当时吓得我全身

直冒冷汗。但是他可能觉得我这么做是为了更好地学会这门手艺，反而更加信任我了。这使我的内心越来越矛盾，越来越纠结。赤路德师傅越信任我越让我觉得这是在欺骗他。我不止一次地问自己我这样做对吗?但我依旧没有找到烤面包的秘密。

不久，“面包王大赛”的日子到了。赤路德师傅对这次比赛信心满满。他对我说这次一定要拿下冠军，还说以后人们就承认他是“托莱摩斯第一”了。

就是在那天，我终于发现了那个秘密。在那以前，赤路德师傅对我也有些戒心，不愿告诉我那个秘密。可能是那天他比以往都兴奋，对我也是十二分地信任，就向我吐露了秘密：“无论别人怎么努力，我也不可能输给他们。因为我是用一种特殊的水和面的，而这种水除了我没有第二个人在用。”

这是我想都没有想过的事情。在此之前，我调查了

面粉还有黄油，可就是没有想到水居然会发挥这么大的作用。这时我回想起了这家店在和面的时候，是用水缸里舀出来的水，而这水缸里的水都是每天晚上赤路德师傅自己事先准备的。

在开这家店之前，赤路德师傅在一个叫阿斯卡的地方经营一个小面包房。据他说，自己在制作面包的过程中发现和面时加的水不同，面包的味道就会有微妙的差别。于是，他试验了很多地方的水，最后发现离这儿三十公里外的皮列山的山脚下冒出来的水最适合做面包。随后他就与一个农夫签了合同，叫他两天送一次水。这是一笔不小的开销，所以只好从别的地方节省出来这些钱，比如只雇用我一个小工。所以每天只有我和师傅、师母三人从早忙到晚。

再后来就是那天“面包王大赛”上发生的事情了，如同您看到的那样：站在台上的时候，我能够感觉到您那

严厉的斥责的目光。可是那个时候，我没有办法告诉您真相。我知道现在已经晚了……

说实话那个时候，我是有些高兴的，为赤路德师傅和他的妻子感到高兴。因为我深知他们的不容易。他们为了做出好吃的面包，苦苦寻找优质水源，花在运输上面的费用他们要用自己的努力辛劳来弥补。他们的付出终于在那一天得到了回报。比赛结束后，我就向赤路德师傅提出了辞职请求。他们感到十分吃惊，还百般挽留我，可是他们并不明白我的心情。

出于和您的约定，我应该在第一时间把这个秘密告诉您，可我真这样做的话，对赤路德师傅无疑又是一种背叛。现在，我不能再厚颜无耻地回到赤路德师傅身边或者回到您的店里了。我想去远方走走。想到一片新的土地上找到一份适合自己的工作。

卡鲁鲁

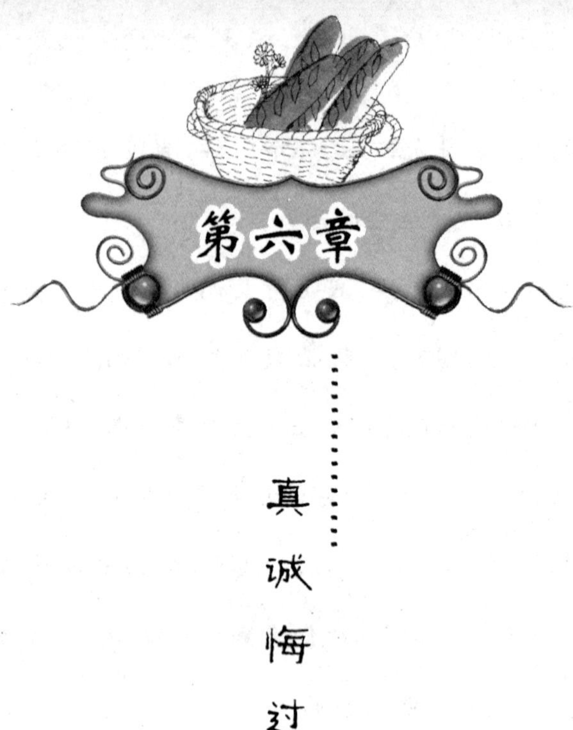

第六章

真诚悔过

博鲁特一边读着信，一边擦着眼泪。泪水不住地往下淌，信纸都湿透了。这时，他才意识到自己伤害了卡鲁鲁，而且伤得很深。同时他也深感以前的自己多么可怜，脑子里只想着一定不能输给对手，而忽略了比输赢更重要的东西。到现在他才知道自己失败的原因——那个被

视为威胁自己地位的赤路德为了做出真正好吃的面包下的工夫比自己要大得多。

自己固执地认为自己烤的面包已经好到没有需要再改进的必要了，现在看来不过是高估自己罢了。想到这儿，博鲁特心头涌上了一股莫名的情绪：自怜、愧疚、悔恨……

博鲁特觉得自己的这家店也该关门了。那么优秀的卡鲁鲁辞职了，自己也没有理由再继续下去了。

“老公……”

不知什么时候妻子站在了自己的身旁。

妻子从博鲁特的手里接过信，仔仔细细地读了好几遍，然后又轻轻地把信折好递给了博鲁特：“我们以后还是接着干这行吧！一直做下去！就像赤路德师傅和他的妻子那样，就咱俩。”

听了这话，博鲁特颇感吃惊地看着妻子。自从她嫁

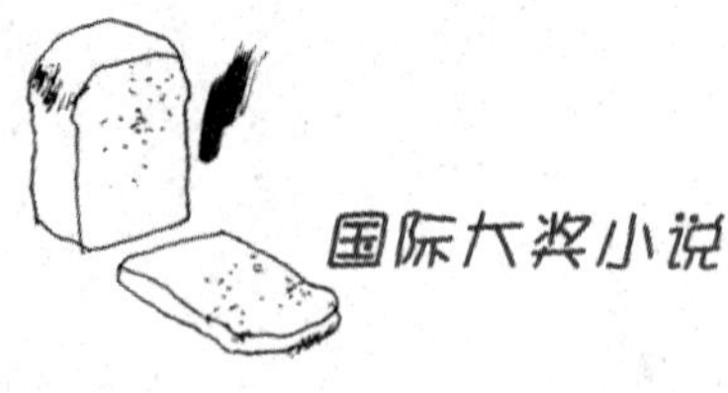

给自己以来，这还是第一次听到妻子这么坚定的话语。妻子说完走到了窗边打开窗户，现在已是掌灯时分，窗外忽然传来了孩子们说话的声音。

“啊，真香！这是什么味道啊？”

“是面包的香味，是从这家面包房里传来的。”

“咱们快点儿回家吧！”

孩子们跑着回家去了。

是啊，我也应该坚持下去。每天烤面包，直到有一天做出能让人们真正感到幸福的美味面包，这也是对卡鲁鲁唯一的报答。

博鲁特听着孩子们的脚步声渐渐远去，自己也陷入了沉思。

トレモスのパン屋

致小读者的信

亲爱的小读者：

你们好，欢迎来到托莱摩斯小镇。在读完这部作品后，你们有没有想过这个故事的发生地点托莱摩斯，到底是什么样子的呢？

其实啊，托莱摩斯小镇离海港比较近，镇子里有很多广场，人人都可以去；还有一座高高耸立的钟塔，这座钟塔每天会不知疲倦地报时，很多上学或者上班的人都会从它的脚下路过，他们路过这里时总会一边低头思索着什么，一边急急忙忙地往前赶路。

像文中写的那样，在这座小镇里，有开面包房的，还有开家具店、五金店的，还有当占卜师的。

这儿的每个人都为自己的职业感到自豪，他们每天认真地工作，暗暗地和同行较劲，所以这里每天都会发生很多故事。

每个行业的人都导演着自己的故事，但在众多故事中，我想向可爱的你们讲述面包师的故事，所以我创作了这部作品。

虽然托莱摩斯小镇是个虚构的地方，这里发生的事情在我们平日的生活里却很常见。

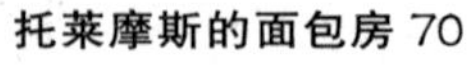

トレモスのパン屋

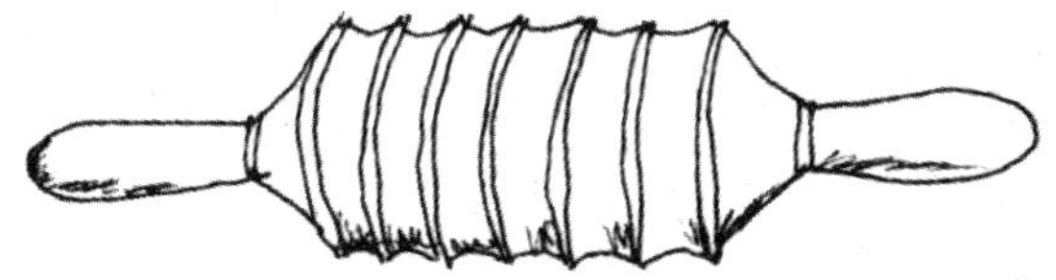

我希望你们在阅读的时候插上想象的翅膀，飞翔于托莱摩斯的天空中，感受那里的快乐，那么我会感到十分欣慰。

这部作品获得了小川未明文学奖优秀奖，能够获得这么有分量的奖项我倍感荣幸，同时也向选定这部作品的各位评委们致以深深的谢意。

这里我也要感谢石仓欣二先生，感谢他为这部作品配上了与内容十分吻合的插图，同时也感谢编辑部的长谷综明先生和泉田义则先生在本书出版过程中所付出的努力。

小仓明

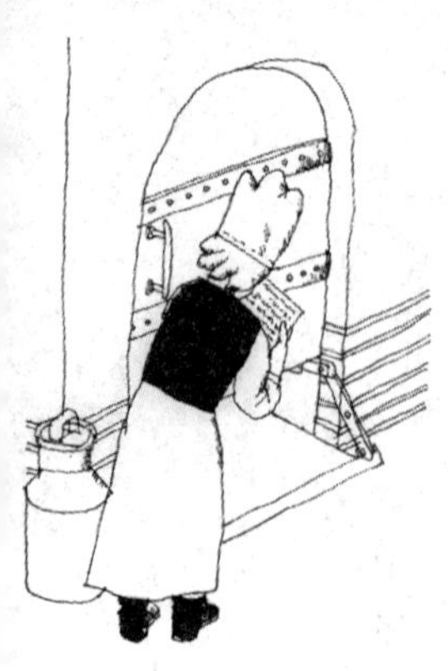

小仓明

1947年生于东京,毕业于东京学艺大学。所属日本儿童文学组织"牛之会",受到话剧、电影、绘画等文学形式的影响的同时,自己在儿童文学领域开始了新的尝试。代表作有《来我们这里玩吧》(小学馆),《东京中心小学的秘密》、《托莱摩斯的风屋》(公文社)等。

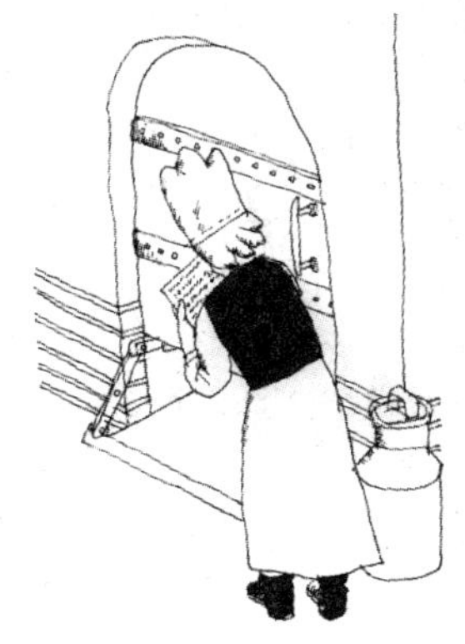

石仓欣二

1937年生于爱媛县，毕业于东京艺术大学美术系。作品《七夕民话》（白杨社）荣获产经儿童出版文化奖美术奖。代表作有《创作民话绘本·全五卷》（国土社）、《十四岁的妖精们》（PHP研究所）、《两条腿的小狗贝尔》（新日本出版社）、《替代者》、《我的小黑是超人小狗》（小峰书店）等。

《托莱摩斯的面包房》班级读书会教学设计

岳乃红/儿童阅读推广人

【作品赏析】

你始终会发现有一双眼睛，这双眼睛冷静中有一丝紧张，慌乱中有一些执著，颓废中有一点儿自信，这就是故事主人公博鲁特的眼睛。

在这个小镇上，博鲁特有着“托莱摩斯面包王”的美誉，他家的面包房每天都是门庭若市，博鲁特也早已习惯了这样忙碌的生活。尽管在他家面包房的对面新开了一家，但是博鲁特却一点儿也不紧张，因

为他相信自己的手艺。

可是这样的自信很快就被博鲁特自己粉碎了。他发现有三位客人再也没有光顾自己的面包房，他们从来只买主食面包，而主食面包最能体现面包师的功底。博鲁特让自己的大徒弟卡鲁鲁扮作顾客从对面那家面包房里买来了些面包，在一阵阵发自内心的叫好声中，博鲁特的眼神不由自主地慌乱起来。

尽管博鲁特的面包房依旧非常忙碌，可是眼看着小镇一年一度的“面包王大赛”就要开始了，背负着“面包王”的压力的博鲁特不得已做出了一个决定——让自己的徒弟以学徒的身份到对面的面包房去偷学技术。这对于“托莱摩斯面包王”来说，犹如寒夜里的一股强风，冻结住了他的全身，直至他的内心。

在魂不守舍的等待中，小镇迎来了“面包王大赛”，博鲁特从没有像现在这样忐忑，以前的理所当

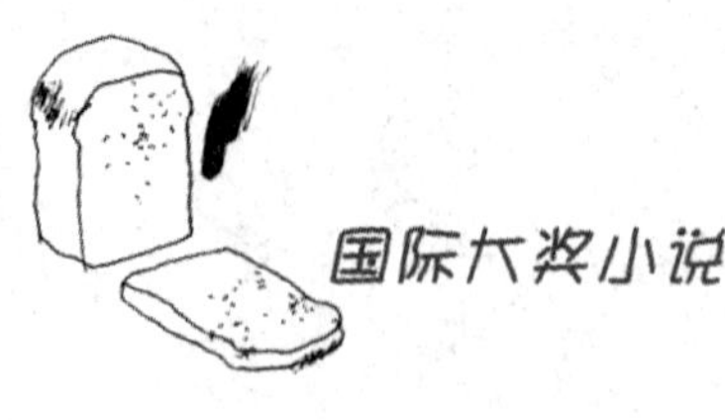

然变成了如今的惴惴不安。比赛的结果，正如博鲁特所不愿看到的那样：对面面包房的赤路德先生成了小镇新的面包王。这还不算什么，博鲁特最担心的事情紧接着发生了，到面包房来买面包的顾客越来越少，少到一天只有十个人左右，博鲁特的眼睛顿时失去了光泽。

博鲁特的面包房惨淡经营着。就在这时，博鲁特收到了卡鲁鲁的一封信，他这才知道自己的面包里少了些什么——只有用爱和真诚烘焙出来的面包才能让人们真正感到幸福和美味。

【话题设计】

1.关注一下博鲁特的眼睛，从故事的开始到结束，你读到了些什么？

2.故事在什么地方发生了转折，你是根据什么确定的？

3.为了蝉联“托莱摩斯面包王”，博鲁特让卡鲁鲁潜伏到赤路德面包房去偷学技术，你是如何评价这种做法的？

4.最终博鲁特在小镇“面包王大赛”中输给了赤路德先生，你觉得他输在哪里？

5.如果没有出现赤路德面包房，你觉得博鲁特会一直享有“托莱摩斯面包王”的美誉吗？

6.小镇的村民为什么在新店刚开业的时候，没发现赤路德先生的面包更好吃？这说明了什么？

【延伸活动】

1.做一回“面包师”：参观面包房，做一回面包师，用影像和文字记录面包制作的过程。

2.做一个讲述者：故事的最后，博鲁特决心把自己的事业坚持下去，他会如何开启事业的第二个春天呢？请接着把这个故事讲述下去。

【亲子阅读】

1.这是一本适合大声朗读的书。经常给孩子读书，不仅可提高孩子的阅读能力，还可以融洽亲子关系。

2.爸爸妈妈可以适当给孩子介绍一下自己所从事的工作、所付出的艰辛，既让孩子了解各种不同的职业，同时也能让孩子感受到父母为这个家庭的付出。

GUO JI DA JIANG 书评 XIAO SHUO

寻找幸福的味道

纪秀荣/资深出版人

托莱摩斯是一个民风淳朴的小镇。小镇上的很多人都把面包作为自己的日常主食。博鲁特是一家面包房的老板，但从各个方面看，我都觉得称他为面包师更为恰当。

在我看来，博鲁特真的是一个很不错的面包师，他的许多创意和我童年时的梦想不期而遇。他每天早上四点就带领徒弟们开始工作，他以创新为乐，发明了土豆面包，就是在面包里放一个香喷喷的土豆；还有动物面包，就是把面包做

成各种动物的形状；还有白兰地面包，呵呵，想一想这些面包的香味，我的口水都要流下来了。

这不禁勾起我童年时关于面包的回忆。小时候，好不容易妈妈才给我一毛钱，不要小看这一毛钱，这可是我在家中老闺女的特权，我的哥哥姐姐揣块儿馒头或者窝头就去上学了。我拿着妈妈给的一毛钱，飞一样跑到街边的食品店，去买我最爱吃的果子面包。果子面包外皮包着一层油亮的、乳白色的纸，面包松松的，黝黑黑，长方形，上面的部分圆圆的，缀着几块儿零零星星、花花绿绿的果脯碎粒。我通常是从面包的底部开始吃，把果脯那个部分一直留到放学时才吃掉。当时一个小女孩的最大愿望，就是果脯能够多些再多些。

或许，博鲁特起初只是在意面包的创新和味道，它会让这个三十多岁、胖墩墩的男人很快乐很快乐。

然而，因为博鲁特的面包太好吃了，所以他连续几年蝉联了托莱摩斯小镇第一面包师的封号。这带给他荣誉、欣喜和满足感，这份满足感甚至超过了他做面包时的快乐。

问题就在这里，当我们太在乎成功和第一的时候，我们对做事的幸福感就迟钝了。从博鲁特面包房的对面出现了另外一家面包房开始，博鲁特的心态完全变了，他每天算计和在意的是对面店的面包是不是好吃，对面店里的客人是不是比自己店里的多。纠结的博鲁特没有太多心思放在面包上了，他每天痛苦地想得到对面店的老板在制作主食面包上的优长，可强烈的自尊心又让他不好当面去问，不得已使出了让徒弟乔装打探的下策。

故事充满悬念。博鲁特一直没有得到自己徒弟的消息，在他的极其忐忑和不自信中，又迎来了一年一

度的面包王大赛。果然，博鲁特连前三甲都没有进，他极度的失望和沮丧，这时他收到了徒弟卡鲁鲁的信，一切真相大白。

面包要做得更好吃，可能也不需要太高深的技艺，朴实的、普通的水就可以提升面包的味道，这就像人生，最朴素的东西才是最可贵的。我们需要找到幸福的秘诀——你喜欢做的事，去认真地、投入地实现。水，看似平淡无奇，其实很珍贵，也很关键；这就像一个人对于幸福的感觉，有了对幸福的真切感受，我们会以一颗朴素而感恩的心对待他人，我们就可以克服很多人性的鄙陋，以更加平和的心态去面对成功与失败，最最重要的，你是世界上最幸福的人，你制作出的才是世界上最幸福的味道。

期待有一天，即使是白发苍苍，我还要拜访托莱摩斯小镇，找寻果子面包的童年记忆。